Margret Mauthe

Arm wia Kirchamaus

Im Eigenverlag
Margret Mauthe
Hofgut Tachenhausen
7446 Oberboihingen

3. Auflage 1991

Margret Mauthe

Arm wia Kirchamaus

Heitere und nachdenkliche Reime
in schwäbischer Mundart

Handgeschrieben von Emmerich Paar
Zeichnungen von Manfred Dreher

1987

Arm wia Kirchamaus

Arm wia Kirchamaus
vom Leaba rombeutlet ond gschlaga
vielerloi Fehlschläg johrai, johraus
wandret a Mensch ohne zu klaga

Gebeugt, traurig en-sich-gekehrt
kämpft r mit eisernem Willa
egal was ehm Zukonft beschert
sai "Jo"zom Leaba will r erfülla

Dage vool Sorga, Kommer ond Leid
oftmals mai heila wia lacha
aber emmer uf s Nuie bereit
us ällem s Beschte zua macha

Arm wia Kirchamaus
ond trotzdäm a reich Beschenkter
sai Lebdag goht ehm d'Hoffnong et aus
oimol kommts besser, so glaubt r
                            so denkt er

'S Vorhängle wacklet...

Sui sei no nia noasaweiß gwea
ond dr „Ihr" auet gnau bseha
sui merk et wia dr Nochber
em Garda romdacklet.
  Aber ihr Vorhängle wacklet...

Sui bleib für sich ond dr „Ihr" au
sui well nix mit Kommuna z doa hau
sia seha et wia dia durch d'Gegend
                    schlacklet.
  Aber ihr Vorhängle wacklet...

Ihr ond da „Ihrem" sai Bruschttuach
                    sei sauber
sia entressier et dr Kraus faula Zauber,
au et, daß se äll Khair ema nuia Kloid
                    romfackle.
Bloß, dänne ihr Vorhängle wacklet.

'S Vorhängle wacklet
wenn de nai kommscht end Stroaß
s Vorhängle wacklet
wenn d wieder goscht
s Vorhängle wacklet
wenn d Gardatüar grillt
s Vorhängle wacklet
wenn a Schäferhond billt
s Vorhängle wacklet
wenn dr Briafträger kommt
s Vorhängle wacklet
wenn a Motorrad brommt
s Vorhängle wacklet
em morgnets er Nacht
aber ihr Gwissa ischt sauber
drauf send se bedacht
dia bleibet für sich
des ischt jo ihr Trick
ond wisset doch älles
säll hoißet se Glück

S'wächst oim nia a andrer Kopf

Weiße Schtrempf ond schwarze Schuha
ond a Faltaröckle
's Mädle sprengt uf d'Muadder zua
hopst wia Goißaböckle

Muadder, Muadderle mit dir
will i Lebtag hausa
dr Vadder, i ond du, dafüar
laß i jedes Mannsbild sausa

Mädle dur et gar so schnell
dir a Urteil fälla
bischt no jong, em Kopf reacht hell
ledig bleiba kha ma doch et wella

Muadder, noi, i heirat eta
bleib bei dir dahoim dodrenn.
Aber Kend i dät drom wetta
's wächst koi nuier Kopf dir
          aber nuier Senn

So wia d' Muadder denkt, isch ganga
's Mädle hot ufs Moal an Schatz
hot an schena Bua aigfanga
's Gschwätz vo einst isch für die Katz

Fetzt braucht s Mädle weder d Muadder
noch will se dahoim er Stuba sai
's hoißt äll Bot mai Schatz mai guater
schiergar schlupft se en en nai

Sait no d Muadder hoscht doch gsait
mit ma Mannsbild lieg bei dir nix drenn
's Mädle ihr zor Antwort geit
's wächst oim nia a andrer Kopf,
aber andrer Senn

's Pulver verschossa

A ma schwüla Freitigmorga
hänt zwoi Nochber Händel kriagt
wega nix ond wieder nix, hänt
                    dia Sorga
's Wetter hot scheints au a Roll
                    no gspielt.

Schreiet, schempfet, grad wia d'Häga,
wenn ihr Futterkrippe leer,
wüste Ausdrück aus de Kräga
kennet koi Beherrschong mehr.

Dr Frohmeister putzt grad
                    d'Hydranta,
dr Schachtdeckel stoht auf
verschrocka lauscht er uf dia Dilettanta
der Krach treibt ehn uf d'Erde nauf

10

Dia Beide streitet wia 2 Göckel,
dees wird em Frohmeister zu viel
fluchtartig lauft er weg, vergißt
                              da Deckl
nix mai haira ist sai oizigs Ziel.

Krakeelet wird ond weiter tobet,
dr oi der hot an Prügl jetzt
dr andre naus zom Höfle stobet,
schnurgrad ufs offne Loch zua khetzt.

Es haut en na en da Hydranta,
dr ander fliegt glei hentadrei,
normal koi Platz für zwoi zom Standa
hait passet se ganz zemmagschonda nai.

An Köpf, an Häls, an Ärm ond Füaß
send boide ganz verbeulet,
jetzt, mo a jeder schreia müaßt,
verkneifet ses o'gheulet

Schnell sammlet sich an Auflauf a
d'Leut kommet rasch aus älle Ecka
ma spannt se an a Soile na
ziagts rauf mit Lacha ond mit Necka.

Erbärmlich elend sehn se aus,
koi Gschroi mai, bloß no Dossa,
an jeda ziagts zo sich noch Haus,
ihr Pulver ist verschossa.

Onter oiner Bedengong

Em wertigs ißt ma dahoim en dr Kuche
a Tischtuach brauchts et onter dr Woch
's quat Gschirr bleibt em Büffee ond Truche
's agschlagne tuats quat, 's hot jo koi Loch

Mancher Henkl fehlt an de Tassa
Teller hänt Spreng, sfehlt a Eck
aber wia gsait;
kommt koi Bsuach, kha mrs lassa
moit sui, zo da „Ihrem"
des schadhaft Gedeck

Weib schmeiß endlich des Glomp naus
kauf dr a gedieges Servíes
Ma, i gib weaga ons zwoi koi Geld aus
so schleacht isch no au noit ond mies

Dr Kochhaf kommt weiter uf da
                              Tisch nauf
Hauptsach 's ischt äbbes Guats drenn

am Moschtglas ziagt sich a Sprong nauf
ehn störts, sui moint, er säha des zu eng

Bloß manchmol deckt sui wia wenn
                              Bsuach kämm
mit Bloama, Tischtuch, quatem Porzla
se sait, ob er merk, daß sui sich Zeit nähm
ond außerdem sitz se no zu ehm na

Er sait: Des kha ma wohl et überseha
aber arg freua tuat me des et
du dätscht dr dui Müha et geha
wenn de nix vo mer brichtescht, nix
                              vo mir wetscht.

Wia Schloßhond fangt sui a z'heulet
weil er so wüascht sei zu ihr.
Er sait, er well wissa ohne z verweilet
was sui em Schild wieder führ

Er kenn ihr au em Voraus schau saga
er kauf ihr, was se no well

se soll jetz still sai mit klaga
sai Vorschlag sei richtig dea mo erfäll

Ihr Wonsch werd erfüllt, verrichtet
onter oiner Bedengong mach r er
                              dui Fraid:
'S alt Gschirr werd sofort vernichtet
ond dr Tisch werd äwwl so deckt
                              wia hait

Seither esset dia 's oifachschte Essa
am feschtlich gedeckta Tisch
send glücklich sui ischt druff versessa
daß äwwl so bleibt wias ischt.

15

Griebla

Manchmol grieblescht wia verbissa
tagelang an äbbes romm
ond sotscht doch us Erfahrong wissa
daß maischtens älles anderscht kommt

Wia vernaglet ond verbohret
schtaigrescht de en äbbes nai
s Mieseschte wird ausgloschoret
schwätzscht dr selber Oheil ai

Quascht dai Kraft ond Zeit vergeida
uf a nutzlos domma Art
ganz besässa die verstreita
daß dr s Schlemmscht et bleib vrspart

Ond mit oim Schlag kommts no heller
Soifasiader du gohscht auf
merkscht, so z denka ischt a Fehler
jetzt bischt froh, bloß arg vrbraucht

Urlaubsgrüaß

S ganz Foahr ischt Leaba er ontara
                                    Stroaß
's wusslet vo Leit Kender ond Hondla
jetzt em Urlaub will de ganz Bloas
äller Herra Länder durchgondla

Oi Päärle ond no a oizächter Ma
send dahoim blieba, haltet zor Stange
aus dr ganza Welt kommt Poscht
                                für dia a
bonte Poschtkarte kurze ond lange

Eigentlich ischt schau verwonderlich
vo weit her schicket se Grüaße
dahoim send se nia so inniglich
's fallet mai harte Wort als süaße

Jetzt schreibet se vo ihrem sonniga
                                    Strand
vo herrliche Däg em Gebirge

17

aus Astand bäbt ma dia Karta
an d'Wand
hofft, daß d'Freud später no wirke

Doch kaum send se älle vom Urlaub
dahoim
ischt älles wieder beim Alta
—kaum grüaßa—
nix wänt se z doa hau mit oim,
hätte doch dia ihre Poschtkarta bhalta

Dia hänts oim doch bloß zom ärgra
gschickt
ganz gwiß et aus herzlicher Treue.
Äll Joahr wirscht mit sona ma Duck
erquickt
ond hälenga freuat dia sich hait
schau aufs Neue.

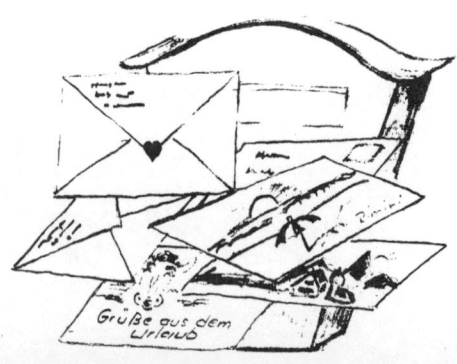

Grüße aus dem
Urlaub

3 Noadla

A Nähnoadl, a Stecknoadl, a Kluf
trohnet wia Grazia uf ma Nähbäuschle
druf.
A ma gschickta Plätzle, sehet
dort viel,
em großa Ganza send se z'frieda mit
ihrm Domizil.

Se lachet ond verzählet en ihrer Kon-
versation:
D'Kluf häb aus ra Peinlichkeit gholfa
em Herr Baroo
ehm sei d'Naht am Hentertoil platzt
dr Frau Baronin dr Träger gfatzt, –
so häb sui schau an de o'möglichste Stella,
z'semag hebt, ausgholfa, wia mas häb wella.

Dodruf weddlet d'Nähnoadel mit ihrem
Stuck Fada,
des sei no garnix, sui häb gnäht schau
ganz andere Nahta

19

en ma sehr vornehma Herra sei dr Reiß-
verschluß platzt,
beim Zeemanäha häb sui, weil älles so
peinlich, d'Auga zugmacht.

Au d'Stecknoadl wehrt sich, kriagt a
ganz rots Köpfle,
sui sei schau greist en ma Sauerkrauttöpfle,
da Herr Professor häb sui höchstpersönlich
gstocha,
er häb sui auf dr Zong ghet ond no
wieder brocha.

Urplötzlich will de oi de ander über-
trompfa
's wird agee, übertrieba, am End bloß
no gschompfa
voll Haß wird Neid ond Mißgonst
verbreitet
uf oimol kha koina de ander mai leida.

Mit Giftnudla wia dänne kha ma nix
gemeinsam mai näha,
nix zemmaheba, stecka, nix klufa ond
dreha.

Doch langweilig isch ohne gschwätzt schau
ond fad
ond äwwl kha ma au et bloß trohma vo
säller traumhafta Naht.

Stumm ond verstockt standet se do
ond glitzet
bis a Elster dia sieht ond zom Fenster
rai flitzet
dui hot scheints an Gfalla an dänne
gfonda
hots gschnappt ist mit samtem Näh-
bäuschle verschwonda.

En ma strupplige Nest ist der Flug
beendet
ganz schräg hanget d'Noadla em freia
Gelände
send em Rega, dr Nässe ausgsetzt
ond d'Elster an ehne ihrn Schnabel
no wetzt.

Dr Kommer ond d'Sorga hots Wonder
vollbrocht

dia Noadl hänt gschwätzt ond 's Maul
aufgmacht.
Gemeinsam zeemahalta macht stark
se stupfet ond ploget dui Elster jetzt arg.

Denner wirds z'domm, se schmeißts
aus em Nest
's Bäuschle hot sich verfanga en de
onterste Ast
do fends d'Hausfrau, traits hoim vooler
Fraid
dia Noadla send glücklich, zom Näha,
zum Stecha, zom Klufa bereit.

Mancher   kha oim
mit seim   Gschwätz
    ärger   stecha
    wia a Noadl

22

Fremdwörter

Dr Klausle goht end Oberschual
dees hoißt uf deutsch viel pauka
vier Stond oft lernt er uf'oim Stuhl
französisch, englisch, solls was tauga.

Send Feria, ist Sommerszeit
no fährt dr Klaus ufs Land,
donoa, mos koi französisch geit
zu Opa, Oma zua dr Tant.

Am Bus holet se ihr Enkelkend
dr Opa sait: Hoscht jetzt Vakanz?
D'Bagasch dui stellst ufs Trottwar
                        gschwend,
zu was brengscht soviel Firlefanz.

Dein ältsta Kittel kruschtlest raus,
et ällbott frisches Häs zom Ommerstriela
dein Koffer stellscht en, Sutrai naus
dei Stadtgwand loscht em Kasta küahla.

No goscht ond biatscht dr Kathreebas
an guata Tag ond au em Vetter
i hoff er hot koi Boll, - er guckt halt
gern ens Glas
der sauft für Bassleda bei Wend ond
Wetter.

Dr Klausle wird ganz wirr em Kopf
so viele fremde Wörter,
er hot doch hia uf Klarheit ghofft
doch d'Fremdsproach dui wird härter.

Zom Mittagessa kochet Tant,
's geit Küachla ond no viele Sacha,
iß, füll dein Teller bis an Rand
i hau an Semmerkorb vool bacha.

Ond Oma sait am Nochmittag,
do dersch da Garta sprenza
machs sauber, daß et kommt a Klag
et geizla, lepra, ommerstenza.

Vergiß au et da Holderbusch,
da Peterleng, Zirenga,
wenns richtig machscht, no kriegscht
                                    zom Schluß
Zibebabrot ond Milch zom trenka.

Dr Klausle schafft wia em Akkord
faif Stückla Hefakranz verdruckt er
no goht er mit ma Krätta fort
noch Löwazah für d'Hasa guckt er.

Wenns Ufamärka läuta dät,
sait Oma, müaß er hoim ens Haus,
ma gang hia zeitiger ens Bett
drfür am Morga bälder raus.

Em isch grad recht,
der airschte Dag
hot soviel Nuis ehm botta,
dui Behnestiag dui ächzt ond kracht
er ischt gern onter Decke krocha.

Sai Bettlad ist wia Hemmelbett
Bettziach rot-weiß bezoga
so richtig woich ond mollig nett
er pflotschet nai, daß d'Feadra stobet.

Ganz hälenga spickt Oma rai
er khet schau schloafa hot se denkt
se streichlet übern Kopf ehm nai
wenscht Guata Nacht ond daß
ehm scheene Däg went gschenkt.

Dr Klaus ist selig, müad ond matt
er loht Revue passiera
wiaviel erlebt er hait schau hot
ond was er morga will ausführa.

Dia viele Wörter dias do geit,
Zibeba, sprenza, Krätta
ond was Kameekäs wohl bedeut,
dees muaß er no entdecka.

Prestiera, schlaucha bodalätz
dia Wörter kreiset emmer
a Boll hau, wiefla, Erdafetz
so schwebet se durchs Zemmer.

Da Klausle wieget se en Schloaf
er trohmt vo nuie Däg ond Stonda
koi Albtraum ist dui nuia, Sproach
weils Theoretisch mit em Praktischa
verbonda.

A Ma mit ma Kropf

Em Wenter moint er
sei's z'kalt für a Operatioo
weil – so a fligriff – sei et no so.
Em Früehleng vielleicht, wenn's afang
                    zom blüaha,
no dät er sich om an Termin bemüaha.

Em Früehleng, sait er, stand älles em Saft,
jetzt schneida, wiss jeder, kost viel
                    zu viel Kraft.
Em Sommer vielleicht, wenns Wetter
                    beständig
no laß ern wegmacha, kurzerhand, bändig.

Em Sommer hot er zor Ausred gnomma
er kenn zor Zeit et vo dr Arbet abkomma.
Später, wenns Laub sein Herbsttanz
                    vollführt
no sei dr richtige Zeitponkt, no werd
                    operiert.

Em Herbst hot er gmoint,
jetzt, bei deam Neabel gang's et
a bissle später wenns wärmre Däg hätt.
So traid der Ma sein 6 Pfond schwera
                                    Kropf
seit Johr ond Dag, wia a klais Köpfle
                        onder saim Kopf.

Wia goht ders?

I bee em Städtle om Ikäuf zua macha
do sprengt oiner her mit gekünschteltem
Lacha
ganz aghetzt wetzt er direkt uf mi zua
ond frogt mi: Wia goht ders ond was i
hia dua

Sui Blick ischt osteht, er hots präsant
's ischt em fascht peinlich, daß mir
ons erkannt
er hot wenig Zeit om ruhig zua stauh
der Ma, des schpürt ma, wett seiner
Weaga zu gau

Aber er hot me doch gfrogt wia goht ders
soll ems jetzt saga mi hot es
an jeaner on seller Stell arg gnomma
daß i bald dät ens Krankahaus komma?

30

Dät i däm meine Leida aufzähla
dät em no mai Zeit wegstehla
lang schtänd er uf oiner Datz ond Stell
der müaßt vo mir denka, dui ischt
                    nemme hell

I durs et, i sag s goht mr guat
obwohls gloga ischt, hau i dea Muat
er hot jo dui Luge haira wella
sonscht dät er en Eile dui Frog et schtella

Bloß denk i oftmols dro romm
wia Mancher uf dea Gedanka komm
oim noch saim Erganga zua froga
wenn mam schau asieht er wenscht
                    koine Klaga

Worom sait ma et oifach bischt au
                    en dr Stadt
oder's ischt nett, daß ma sich gseha hat
oim a Luge abettla was hot mr drvo
hoißt ma des haitzutag Konversatioo?

Ohne Zeit brengt 's Froga nix ai
i war drfüar so ehrlich zua sai
zua saga„i haus hait präsant
i wensch älles Guate, geit d'Hand
hoscht Zeit, schpürscht 's wär richtig
mit äbber zu schwätza wär wichtig
no gang, dur a guats Werk i roat ders
denn no isch grondrichtig zua froga:
Wia goht ders?

Hoppla

'S ischt mer oiner uf main klaina
Zaihja dappet
am liabschta hätt e gschria
vor Schmerz
als oinzigs „Hoppla" ause -
gschlappet
no ahneglogffa wia em
Scherz.
'S kalt Büffee en saim
Visier
aus Angscht 'skhet ausgau auf -
beigt, gschpachtlet
gschlonga, gschmatzget wia
a Stier
ond mi hänt d'Schmerza
dachtlet
koin Bissa hau n i abe -
broacht
vor lauter Waih ond Wuat
denkt
säller ogeschlaachte Doacht
a „Hoppla" mach dees guat?

Wonsch om Wonsch

Wonsch om Wonsch ond nomai wella
hoscht Äbbes kriegt, wirscht nemme satt,
sotscht dees no hau ond sell no bstella
daß garet uf oin Zettel paßt.

Laufts amol mit der Erfüllong,
no verlierst leicht 's Augamaß
koi befriedigende Stemmong
's Wella ist wia Knochafraß.

Airscht, wenns Wetter omschleht fällst aus
                    älle Wolka
hoscht nia richtig gschätzt, was de hoscht
                    khet,
jetzt em O'glück merkst dia Irrtumsfolga
jetzt, drom rauher Wend dir weht.

Bsennst de was dr Senn des Lebens
denkst ganz ernstlich drüber noch
merkst, daß Fordra ond Erfüllong werde
et bloß lauter Vorteil brocht.

34

Gern dätscht so viel anderst macha,
gäbscht viel dro, wenns bloß no gäng,
schau wieder bischt am Wensche macha
's Wella ond no kriega ist halt so bequem.

Bloß seit d'Not ond Sorga do send,
händ dia Wensch a andra Richtong kriegt
send vom egoistisch Denka wegglenkt,
om da Nächsta mai bemüht.

Spürst, daß Menscha nah ond ferne,
oftmals beißet an ma karga Brot
mit deim nuia Wonsch greifst et
                              end Sterne
wenn de helfa witt ond merkst,
durch di alloi käm viel ens Lot

35

Mödela

Manche moinet, se kenne ihre
Problem besser lösa
wenn se ihre Fengernägl anaget

Andre denket wenn se sich am
Kopf kratze
kenne se besser schwätza

Ond dersell glaubt wenn er zwischa
jeda Satz no a
paar „aoh" aiflicht werd sei Red besser

No geits no dea, dear mo denkt wenn
er mit Ärm ond Füaß
fuchtla dät, hät sai Gschwätz mai Wirkong

Ond dea der mo äll Bott d'Händ en
Hosasack tuat ond
glei wieder raus ziaht.

Dabei vergeßet dia scheints älle,
daß en airschter Linie dr Inhalt
vo däm was se saget zählt ond et
dia begleitende Mödela.

Dr Schwob

Dr Schwob bestoht et bloß aus Kraft-
                    -ausdrück.
aus Moscht, trenka ond Spätzlesessa
aus's Häuslesbaua ischt em et sai
                    höchschtes Glück
dui Masche khoscht vergessa.

Dr Schwob tendiert et bloß zom
                    Oigasenn
zor Knickrigkeit, zom Zeemaheba
frogt et vor jeder Arbet noch am Gwenn
au Rückschläg länt en et erbeba

Dr Schwob ischt weder maulfaul
                    no verboga
glei garet klotzig, rüpelhaft,
wer dees behauptet där hot gloga
er ischt mit andre Qualitäta bhaft

38

Vor ällem ischt er treu ond zua -
                    -verläßig
em groß a Ganz a so wia älle Leut
sai Arbeitspensom schafft er lässig
ond maischtens macht ems au no Freud

Dr Schwob ischt bloß a bissle
                    anderscht
a Tüftale ond philosophisch angehaucht
spürscht Geischt ond Witz wenn d'mit
                    em wanderscht
a Schwob ischt Mensch so wia mas
                    braucht!

Zwoi Paar Stiefl

Em Sonntigstaat Kartoffla schäla
er Seidablus am Ablauf stauh
ha dänne muaß doch oimez fehla
so mit de Kloider ommerzgau

Frühr wär dees ganz omöglich gwea
ma hät oim für a Schlampl ghalta
hait koscht dees leider öfter seha
ond d'Roatschläg muascht dr grad
                    verhalta
Seischt äbbes, schwätzt dr 's Maul
                    schier franzig
dia Jonge machet sich nix draus
dia händ a Selbstbewußtsai an sich
do kenscht de bald voll nemme aus

Mir paßt dees et en Sonntigkloider putza
bloß ois muaß en dr Neid schau lau
a Wäschmaschee kommt en zo nutza
verdrecklet sehet dia nia aus

40

Dia send em wertigs wia em sonntigs
                                                sauber
drom muaß ma om a Lösong sich bemüha
mitmacha dänne ihren Zauber
ond au er Seidablus dr Sau abrüha

Ond gängscht mit Lackschuah en da
                                                Hennastall
er Sonntigshos da Heubahrn nomm
's hieß glei de Alte hänt an Knall,
send zwoi Paar Stiefl alt ond jong

Frau Dengs

D' Frau Dengs hot gsait ihr Mädle
                     sei zoga
so a Komede wia bei manche gäbs et
dui häb oim no nia ens Gsicht nai gloga
brav sei se, gang zeitig ens Bett

D' Frau Dengs moint: dees lieg an de
                       Alte
wenn se so ausgflippte Typa herziehe
sui dät ihr Mädle streng halta
aständig sei se, glohnt häb sich d'Mühe

Bloß grad sei se so bloich ond
                       verschlossa
viel schwätza dät se jetzt et
miaß spucka, guck so verdrossa
trotz Tee ond zeitigem Bett

Aber se sei jo so arg vernenftig
ogsonde Dschiens laß se plötzlich sai

42

für weite Röck sei se jetzt ond kenftig
ihr Mädle sei halt koi Flittle, flicht
se no ai

So kriagt manche Muatter zom spüra
dia Stich mo d'Frau Dengs austoilt
's tuat waih ond muaß oim berühra
- dahoim dia Konflikt; ma hofft halt,
daß hoilt

Dr Frau Dengs ihrem brava Mädle
spannt uf oimal de gsond Kloidong
am Leib
d'Leit schwätzet schau drüber em Lädle
bloß sui selber merkt nix, dees gschait
Weib

Dia Müattra em Omkreis send stille,
koi Spott koi Gestichl kommt auf
hoffet weages Mädles schwangerer Fülle
au dr Frau Dengs gang dr Soifasiader
bald auf.

43

Nix wia wuahla

Nix wia wuahla, nix wia schaffa
pausalos vo Dag zua Dag.
Geld verdäna, zeemaraffa
rücksichtslos ond ohne Klag.

Ommergruabla, ommerwerkla
nia a Rüahle hau em Leib
spara, sammla, axabergla
kommandiara Kend ond Weib.

Zeemagschonda bis uft Knocha
kommt der Dag mo nix mai goht
d'Körperkraft schlagartig brocha
's menschlich Uhrwerk fascht schau
stoht.

Dostauh vor ma Scherbahaufa
mit ma ganza Sack vool Geld.
Kaum mai laufa, kaum mai schnaufa
Mammon gnuag, bloß d'Gsondheit fehlt.

A Fuier em Ofa

A Fuier em Ofa
a Dach übram Kopf
a Bettlad zom Schloafa
gnuag z'Essa em Topf

An Leib ond Seel gsond sai'
da Frieda a Ruah
wer moint er brauch no mai
steck an Stäcka drzua

45

Fascht perfekt

Du bischt so perfekt
dir kommt garnix naus
ma zollt dr schwear Respekt
en ällem kenscht de aus.

Gscheid bischt, gschickt bischt
ond patent
a richtigs schwäbisch Tüfftale,
älles was de alangscht
groadet onter deine Händ

Dr neaba Jener ond dr Säll
mit komplexbeladnem Leaba
weil du en älle Fäll
witt mit Abstand 's Beschte geaba.

Du bischt ganz korrekt
an däm geits nix zom Rüttla
bloß kha et Federma wia du
sai Gscheid- ond Gschicktheit
us em Ärmel schüttla.

Dr neaba der, ond dui ond jena.
Was glaubscht wias dänne dät oft guat,
dai Hilfestellong zua erwähna,
mit wenig Wort zu macha Muat.

Du bischt fascht perfekt,
bloß d'Rechnong goht et auf,
was dai Vollkommaheit bezweckt,
am herzlich-menschlicha zahlst drauf.

Manchmol kha dr äbber
          arg waih doa,
mit däm was r zua dir sait
ond manchmol kha dr äbber no
          ärger waih doa,
weil r nix zua dr sait.

D'Luft ischt glada

D' Luft ischt wia elektrisch glada
oiner schreit da andra a
zom schaffa fehlt dr richtig Fada
moa füahrt so a Schtemmong noa?

Näamer kha mas richtig macha
älle bruddlet mäckret romm
bloß da Opa sieht ma lacha
der nämmt koim sai Laune kromm

Daß d'Leit schpenne sei koi Wonder
daß se gribblich, launisch send
Wetteromschwong samt ond sonder
ploag de Alte bis zom Kend

'S Bescht sei,
's Maul halta ond jeda nämma
wia r sai ond schpenna lau
dägamäßig däts dr Reaga schtemma
ond där fall gwiaß
dui Hoffneng kenn ma hau.

Gedanka
zum Erntedankfest

Jeda Morga s gleich Theater
's ischt oifach nemme so wie früahr
vom Feschtles feira hoscht an Kater
jetzt schmeckt koi Kaffee ond koi Bier
drzua des ewige Malär
daß nix wias sai soll ischt:
Dr Butter bocklhart on schwer
mai Müasle ischt schleacht gmischt
's Oi ischt z'weich, dr Honig z'fescht
dr Kaffee z'bitter, z'stark
ond d Wuarscht enthält z'viel
                        Fettsubschtands
dr Käs z dick gschnitta, äbbes args.

Was de alangscht brengt dr Ärger
auf nix ond näamer ischt Verlaß
d Weckla backet se au äll Dag stärker
se schmecket doch viel besser
wenn se woicher send ond blass.

Dr frisch gepreßte Saft zeigt Trüabong
dr Sekt em Glas ischt viel zua warm.
De nuie Kloider spannet om da
                    Leib rom
der Stoff ischt an Elaschtbarkeit zu arm.
Sogar s Blättle kha oim ärgra
koi Witz stoht drenna bloß no Stuß
dia sollet äbbes luschtigs brenga
et bloß vo Katastropha ond Verdruß.

S ischt oifach nemme so wia früahr
selbscht Zeitong will oim s Essa no
                    verderba
do schtoht zom Beischpiel uf dr
                    Seite vier
es dätet täglich viele tauset Leit
                    am Honger sterba.
Do frogschte wirklich was goht mi des a
ond ausgerechnet wenn i sitz am
                    Essa dra?

50

Uf ma Stoi säa ischt zemlich
                        zwecklos
dagega kennet zwischa de Stoi
oftmals reacht kräftige ond
gsonde Pflanza wachsa

Bäbe

Beim Bäbe hots wieder mol aus –
— ghoacket hait
er debret ond schreit wia Irrer
schmeißt 's Zuig durch d' Gegend 's leit
älles verstrait
äll Bott klepft a Tüar hairscht Klirrer.

So äll paar Wocha packts en amol
no muaß er krakeela ond toba
sai Zustand sei wia bei ma morscha
Pfoahl
sooft er oin hebt wird r selber zom
Globa

Daß du dees aushälst seit
d' Liesabeth
bei däm blieb i et bei däm Denger.
Sui moint, so schlemm seis no au
wieder et
nüachtern wickle sui dea om da Fenger

Ond grad weil r a obachner Rambass sei
däts ehra au Vortoil brenga
er schäm sich sobald sei Afall vorbei
sui dät ehn no fescht end Kandare
                                    zwenga

Sui laß ehn schaffa wia Bronnaputzer
ond er komm ihr nicht aus em Haus
wia Wiesele müaß der omerflutza
sui treib ehm d'Flausa schnell aus

Dees heb maischt sechs Wocha, no
                            fangs wieder a
dr häuslich Frieda werd brocha
zwoi Däg guck se däm sein Zennober
                                    mit a
no werd dr Spiaß romdreht —
ond Feldwebl sei sui, für de nächste
                            6 Wocha

Ab ondzua nix doa

Viele Sacha müaßt i schaffa
d'Arbet gäng no langet aus
's Wetter ischt so schee wia gmolet
mi ziagts oifach aus em Haus

Bloer Hemml d'Vögl pfeiffet
's Obst sott ma voll aberdo
d'Sonnadäg hänts schneller greifet
ond i lauf em Gschäft drvo

'S Wetter bleibt au schee beim Nixdoa
i denk halt daß Sonntig sei
wandre uf da hoha Karpfa
nochher khair i donta ai

Taused Silberdistl blühet
dr Berg ischt glitzig übersät
d'Sonn wia Flemmerkugl glühet
wenn se durch ihr Ländle späht

Thaus gwagt bee oifach ganga
obereut-i bee em Lot
für da Alltag Kraft aigfanga
— morga schaff i —
weils no besser wieder goht.

Ab ond zua mol Nixdoa kenna
sich selber mol a Schnippchen schlah
schafft obändig Kraft vo enna
d'Arbet lauft viel besser wieder ah.

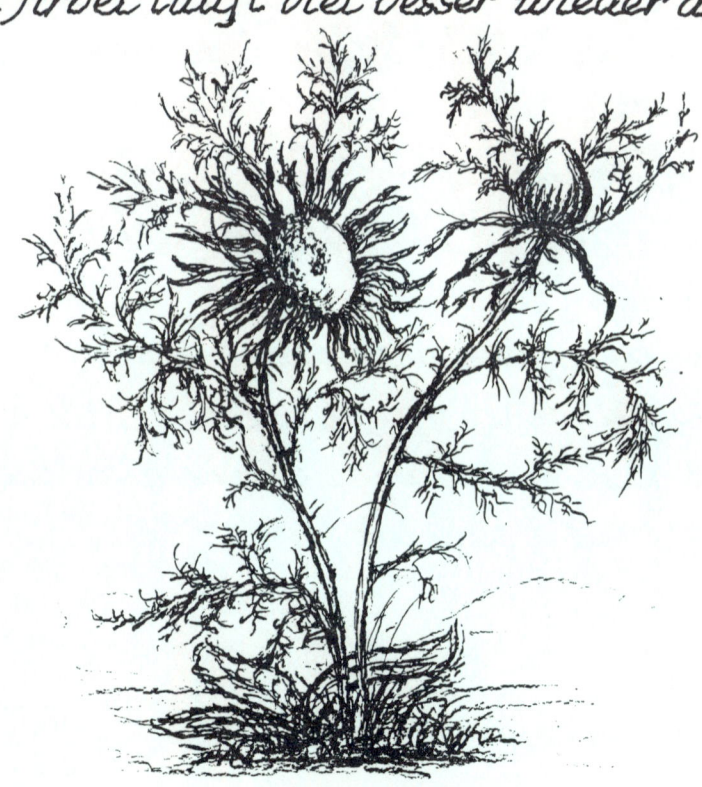

Ens gleich Hörnle bloasa

Vadder, hoscht s Nochbrs nui Auto
　　　　　　　　schau gseha
ond mir häbe äwwl no da alta Karra,
Woischt, daß s Becks en Teneriffa send gwea
ond mir bleibe em Ländle, dia müaßt
jo denka mir häbe en Sparra

Muatter sischt dr Frau Dengs nuia Blus?
de dai vo letscht Foahr ischt nemme
　　　　　　　　　modern.
Mädle mach me bloß et konfus,
mir gfällt se i trag se no gern

Vadder, guck was dia älles hänt
wia altbacha mir do seie
ond sieh mol was de andre älles dänt
dia kaufet sich laufend s Neue

Vadder, gang mit dr Zeit wia de
                                    Maischte
Muadder, dai Kloidong ischt nemme „en"
i woiß miar khetets ons leischta
so altbacha zua sai hot doch koin Senn.

„Mädle, weil älle ens gleich Hörnle bloaset
brauchsch du s no lang et doa
wenn viele uf oi Moinong lohset
laß dr domit et droha.
Zua was glaubscht hot dr Herrgott dir
Vrschtand ond Seele gschenkt
gwiß et daß de vool Hab ond Gier
noch andre schillescht ond nix denkscht "

Kender, Kender....

Gell Opa, d Oma ischt dai Frau

Jo, so ischt des ganz genau

Hoscht dui schau lang ond mohär gnomma?

Schau arg lang,
ond vom liaba Gott bekomma

Opa, hot dr liabe Gott viel Fraua zom vrgää?

Jo, Bua

Worom hot er no dir grad so a alta gäa?

Baba, wenn i grauß be no heirat i di

Oh Kend, wenn du groß bischt
ben i alt mit zittrige Knie

Des macht nix, deine Knui schmier mer ai
ond wega deine Ronzla kommscht en d
Wäschmasche nai

'S goht oinaweag et
was dät mer den no mit onsrer Mama?

Ha oifach fescht ärga, dui sait oft,
wenn ma sui ärgre no dät sui fai ganga

Faltawurf

Aigentlich isch kaum zom fassa
daß zwoi Schwestra sich so hasset
daß se sich so z Bossa leabet
gleigaret a guats Wörtle geabet
em Gegatoil, se dänt sich jeda Duck
em Stichla, Bissigsai länd se et luck.
Thre Männer hänt do au dro z'kauet
arg viel noch ma Familiatag z vrdauet
daß dui de teurer Kloidong häb
ond bloß weil er ihr z wenig Zaschter
                                    gäb

Zom Glück säh dui trotzdäm nix z'gleich
weil ihr Figur vor Norm abweich
Dr Faltawurf vo ihrem Kloid sei wonder-
                                    -bar gwea
aber an dänner Schleiereul häb ma
                    des kaum richtig gseha
drfüar seie d'Falta em Gsicht zor
                        Geltong komma
on säll bass zo dära Bähmull der domma

Em Eck sitzt dr Gerdle dr Bua
er spitzt seine Fluhra, lohsnet fescht zua
was sai Mama älles über sai Dota woiß,
er moag sai Dota, für ehn isch se koi Goiß.
Dui kauft ehm äwwl so schene Sacha
bei där geits au äwwl äbbes zom lacha
ond weil bald sai Geburtstag sei
sait Dota, kaufe sia wieder ai.
Er soll komma ond soll sich viel wenscha
sia gange mitnander end Läda ond
                        onter d'Menscha.
Dr Gerdle ischt selig bei seiner Dota
dui kauft ehm viel Sach, sogar an
                        Klangstab mit Nota.
Oh, Dota, sait dr Gerdle, i moag di ganz arg
was d'Mama sait isch doch a Bissle zua
                        stark
du bischt doch koi Schleiereul, du bischt
                        doch a Frau
ond dai Faltawurfen daim Gsicht der
                        gfällt mir au.

61

Bleib no a Weile

Bleib doch no a Weile bei mer
laß me doch et so alloi
worom witt schau wieder weiter
bleib doch no ond sag et noi.

Verzähl mr äbbes bleib no sitza
e r Kranket ischt a Schtond so lang,
vielleicht vergeß i d'Schmerza,
's Schwitza
bleib do, no wird mer s et so bang

Worom witt schau wieder ganga
bleib doch no a bissle do
en däm Stüble bischt wia gfanga
seit er nemme lebt mai guater Ma

Do a bissle, sält a Weile
verschenk doch mai vo dainer Zeit
oder bischt denn so en Eile,
daß de gar dai Zeit so reut?

Präsier et so, des hoscht et naidig
schenk Zeit mo se zom. Schenka geit
du bischt so reich, bemerks doch freudig
du hoscht a ganzes Leaba vool
                    geschenkta Zeit

Mancher hot schau gsait:
„Dees wär doch et naidig gwea"
wenn 'r a Geschenk en Empfang
gnomma hot, dabei hot er druf
basset wia a Lux.

'S geit Leit dänne, stoht 's Wasser bis
zom Hals
ond trotzdäm send se et gwäschet

– – – dia lüagat sich en de oige Dasch
ond werdat oinaweag et reicher

– – – dia wisset über älles Bescheid ond
send doch domm wia Haberstrauh

– – – dia send so freundlich, daß oims
ganz kalt da Buckel nalauft

– – – dia send so kalt ond berechnend,
daß oims ganz hoiß wird.

's geit au Leit, dia wirket en dr
Stille, dia länt de sai wer de bischt
ond kommscht en Naut, no helfet
se ohne viel gschwätzt, do moas
fehlt.

Träume sterbet leise

Träume
kennet koine Schranka
et er Fraid ond et em Laid
Träume
schleichet zwischet ernstliche Gedanka
heimlich, fantasiebereit
Träume
send maischt Senkrechtstarter
traget oim en d'Wolka nauf
dr Fall vo do ischt gwieß a harter
wachscht enttäuscht, ernüchtert auf
Träume
täglich kommet se ond leise
wia klais Zwischaspiel a Seelapaus
Träume
ganget wieder – au ganz leise –
aber sterbend no schickt jeder
Troom sai Treemle naus

65

A klais Mädle drohmt:

Wenn i grauß bee, i wohn e ma Schloß
mit viel Diener on em Schtall a weiß Roß
mai Baba braucht niamai end Fabrik
mir leaba wia em Märchen voll Glück.
Maim Baba schenk i s graischt Auto
                                    vor Welt
ond do dr zua no an Sack vool Geld.
Jetzt ischt se grauß, ihr Baba krank
se bsuacht en kaum ischt dees der Dank?
Ihr Drohm vo einscht ischt ischt der auf Reise?
Ihr schöner Kindheitsdrohm isch
                                    gstorba-leise

A klainer Bua drohmt:

Wenn i grauß bee, werd i a reicher Ma
schaff für mai Mama älles a
dui braucht, wenn i grauß be
überhaupt nix mai schaffa
bloß no essa ond trenka aus krischtalne
Karaffa.

Wenn i grauß be, aber no....
Jetzt ischt r grauß ond er wår dro
bloß ab ond zua da Mülloimer z leeret
hia ond do dr Mama d'Schtiag na z kehret
moa bleibt jetzt sai Drohm vo einscht
der heiße?
Vergessa, verdrängt, gschtorba ganz leise.

67

A jonga Frau drohmt

I pfleag me, riacht me emmerfüar
                                main Ma
ben guat zua ehm, ziag me schee a
i koch ehm bloß de beschte Sacha
will mit ehm froh sai, mit ehm lacha
nia schreie koi oschees Wörtle geaba
i will ehn möga für sai ganzes Leaba.
Jetzt ischt se älter, müad vrbraucht
verbittret manchs grobs Wort auftaucht
oft ischt se ogerecht ond bais
ihr schöner Drohm ischt gschtorba-leis

68

A jonger Ma drohmt

I werd mai Fraule stets uf Hände
                                traga
dui braucht bei mir nia heila, garnia
                                klaga
i werd ihr jeda Wonsch vom Gsicht
                                ableasa
i schpüal ihr, helf ihr, feag mit am Besa.
Mai Waible schon i, pfleag i, lebenslang
i nämm se emmer mit, mo no i gang.
Enzwischa ischt r älter worda
ond khairt zo dänner Männersorta
mo äll Dag sitzt beim Schtammtischkreis
Sai Drohm ischt ganga gschtorba – Teis.

Ökumenischer Kaffee

En ma süddeutscha Städtle ischt
folgendes gscheha:
Viel Leut hänt sich Müha om ältere
Herrschafta geha
sia aiglada, gemeinsam zom betreua
daß se zuanander Kontakt kriega,
ananander sich freua.
Komma wäre se gern, aber se waret
gehemmt
leider hot's Gsangbuch et zeema –
– gschtemmt.

D'Marie hot gsait: I woiß et so reacht
vom evangelischa Kaffee do wirds mir
bloß schleacht,
d'Rieka moint: I will gwiß nix bais saga,
aber katholischer Hefakranz leid mir
so schwer em Maga

Älle Ausreda hänt se zom Alaß gnomma

ond doch wäre se so gern zemma komma.
Bei soviel Vorurteil ischt quater Roat
                                    teuer
wia brengt ma dia ah vo där alta
                                    Leier

Bekanntlich send Pfarrer gscheide
                                    Leut
so hot dr katholisch zom evangelischa
                                    gsait:
Wisset se was, jetzt schreib mer ens
                                    Blättle
solle älle komma, es gäb a Rezeptle
sei für älle Konfessiona äbbes drbei
sozusaga em Kolumbus sai Ei.

En oiner Reihe standet lange Tisch
                                    schee deckt
ond an dr Stirnseit no a kloiner mit
                                    zwoi Gedeck
dia Plätz hebt d'Messnere für die
                                    Pfarrherra auf

standet zwoi Millionskaffeeschüssla
mit äbbes Drufgschriebnem drauf

Dui mit dr Aufschrift: Zur Erinnerung
stoht am lenka Platz
uf dr andra ischt zom lesa: Wohl
bekomms mein Schatz

Dr katholisch Pfarrer ischt vor de
airscht no gsessa
dr evangelisch hot us dr andra raus—
—gessa
aber vorher hänt boide Hefakranz
naibrocklet
darnoch Kaffee, Zucker ond Milch drüber
zocklet
No omgrührt ond ausglöfflat wia n Brei
Leit, sait dr katholisch, machets noch
dees schmeckt fei.
Fo sait dr evangelisch, i wills uich
bloß saga
dees ischt ökumenischa Art, dui kha
jeder vertraga.

Vogl Schtrauß?

Bischt du vielleicht dr Vogl Strauß
der mo sain Kopf en Saod naischteckt?
Der bischt du et, drom ziag en raus
ond trag en denkend, sehend uf daim
Hals ausgreckt

Bischt du vielleicht a Waibergschneck
dui mo sich zruckziagt en ihr Häusle
sobald se O'agnehms, Gefahr entdeckt
a Loch sucht zom verschlupfa wia
klais Mäusle?

Du bischt koi Vogl, Schneck, koi Maus
du hoscht Verantwortong zom traga
denn d'Wirklichkeit sieht anderscht aus
do nutzt koi zruckziah dir, gleigaret
hilft drs klaga

S nui Hemed

Weib ischt mai Hemed gricht?
Noi, worom?
Weil is zor Sitzong bricht.
Zua domm.
I brauch des Hemed obedengt.
Wiaso?
Weil ma hait Probe sengt.
Ziag's Nuie a.
Säll wille no a Weile nui em Kaschta bhalta
Zua was?
Ha mit em Alta kha ma 's Nui verhalta.
Moischt du.
Jetzt dalli gib mai Hemed her.
Näms Nui.
En Gottes Nama, aber 's fällt mer schwer.
Ui.
Der Kraga ischt so steif wia Hauzich
Des stoht dr.
Versetz dea Knopf, mai Bluat des staut sich
Des dehnt sich.

Des Hemed reibt ond zwickt me
Wo ahne?
Am Hendra, wenn e bück me.
Laß seha.
Thalts et aus des nuie Lompagfräß
S wird besser,
zwoi Noadla send no gschtecket,
grad am Gsäß.

Er wär schau reacht....

Er wär schau reacht, aber sui sei
                    a Luader
wias em Omkreis koi zwoita mai gäb
er wär so guat wia oigener Bruader
aber sui stand ehm henta uf d'Versa
                    ganz phäb

Er sei a braver guatmüatiger Denger
aber sui schiaß durch d'Gegend wia a
                    Ragall
ehn khet ma romwickla om jeda Fenger
aber sui häb an geiziga, giftiga Drall

Er ließ seine Kender älles macha
aber sui fahr wia a Fuchtl drennai
bei därra häb kois äbbes zom lacha
dui heiz dr ganza Familie ai

Aber 's geit Leit dia dädets ganz
                    anderscht seha

nämlich, er sei a bissle bequem
er dät sich ewwl ganz langsam dreha
sei guat, daß sui an d'Kandare ehn nehm

Sui müaß für älles schaffa ond sorga
on er scher sich oms Ganze an Dreck
wea wondrets wenn sui schau am Morga
a bissle scharf schwätzt oder keck

Ond s Zepter-Oiner müaß s schwenga-
en däm Fall wärs halt no 's Weib
dees sei ihr doch et zom verdenga
als Söhlebäbbl der er mol sei ond
                              au bleib.

Breng au äbbes mit

Sooft e en d'Stadt gang hoißts:
Breng au äbbes mit
donoch frog i de „Mai": Was witt?
Ha, seit se, äbbes zom Schlecka,
sonscht no a Kleinigkeit
woisch schau, dir fällt bestemmt
                                   äbbes ei.
I stand no em Lada, wer d'Wahl hot,
                          hot Qual
was für a Größe frogt ma me alle mal.
Descht Wurscht, mai Waib dauscht s
sowiaso wieder om
Hauptsach se griagt äbbes, denn ohne,
säll nehm se mr kromm
Aber vo Moal zo Moal wirds schwieriger
äbbes z'kaufa
dui hot älles, Kloider, Gschirr, Grüschtla
                          an Haufa.
Früahr, vor viel Johr hau ne mol a
                   Halstuach hoimbrocht

do isch se ghopset vor Fraid hot me en
Arm gnomma ond gmoagt.
Fetzt lockscht dr grod no a müads
                           Lächla ab
bei dr scheschta Blus oder Persianerkapp.
Sag i: S'ischt nemme wia früahr,
d' Welt hot sich vrändret
sait sui: Mit dir isch au nämme des
au du hoscht de gändret.
Ond weil i sowiaso nix mai reacht
                           macha kha
fang i, wenn i wieder end Stadt komm
mit ra Guck Bombola a.
Was wird se wohl no für a Gsicht
                           no macha
oder khets sai, i breng se mol wieder
           zom Lacha?

Roßboll

Mitta uf dr Stroaß
ischt a Roßboll gleaga.
Koiner hot dra denkt,
sui auf d' Seit zom fega

Ma loht sui mo se ischt
weicht, fährt om se rom
da Verkehr, wi a Polizischt
leitet sui jetzt om.

Fascht bis en dr Nacht
ischt sui Mittlpoonkt
sachte geit ma acht
daß kois an se kommt

Mit Gestank ond Krach
ischt a Schwertransporter komma
steigt dr Roßboll übers Dach
hot se oifach gnomma.

Mitta uf dr Stroaß
ischt a Roßboll gleaga,
ihr Spur ischt ohverwischt,
dagega hilft koi feaga.

S ischt a hemmlweiter Onterschied
zwischat ma Troom mo de em Schloaf
hoscht ond däm mo de mit offene
Auga troomscht

Nervle

Hai Hondle sei ehm vial liaber
                    wia d'Menscha
ond du bischt aigschnappt weaga
                    däm Gschwätz
du dätscht am liabschta den Köder
                    verwenscha
weil en dr Onkl so moag ond so schätzt.

Du fendsch omöglich, übertrieba
daß ma a Tierle wia d'Menscha aistuaft
aber was wär denn däm Onkl sonscht
                    blieba
warta bis en äll viertl Joahr oiner bsuacht?

Ond sei doch ganz ehrlich,
dätscht du vielleicht wella
was dr Nerole mit Freuda tuat
uf Kommando noliega, bella
sogar nachts wird zeema en oim
                    Bett gruaht

82

Wetscht du bloß oin Tag em oglüftata
                        Zemmer bleiba?
Da Nerole dea stört dees et
schmeißt dr Onkl zeahmol an Prügl
                        zom treiba
dr Nerole brengts, lauft schwanzwedlent
                        om d' Wett

Dätscht du gern em Maul dai oigana
                        Leine traga
uf de Schlappschuha romkaua wia uf
                        ra Nuss
nia schwätza deffa, nia klaga
wenn Bsuch kommt, Mändle macha
ond no mai so Stuß

Gängscht du gern em morgnets em
                        sechsa spaziera
bloß daß de da Fuaß ama Boom
                        lupfa kascht?
i glaub du dätscht de ganz arg scheniera
au 's Romschnupfora an Ecka ond
                        Gardazäu loascht

83

Drom gönn doch däm Onkl sain Hond,
au wenn ern mai moag wia d'Menscha
daß dees so ischt hot leider an Grond
über den jeder nochdenka sott —
— dät mer sich wenscha

Nach deiner Pfeif danza

'S kha et ällaweil jeder noch deiner
                    Pfeif danza
glaub bloß et 's müaß älles noch daim
                    Kopf gau,
a Mitspracherecht em Großa ond Ganza
sott jeder au en dr Familie hau.

A guats Orchester hot viel Leut em
                    Spiele
au wenn de airscht Geig no so schee tuat
Soloeilaga rühret bloß and Gefühle
send se recht kurz ond sagahaft guat

Erheb ruich dain Taktstock zom Dur
                    oder Moll
verlangscht viel därscht de sälber
                    em To et vergreifa
descht wichtig wenns guata Musik
                    werda soll
ond daß jeder zom Zug kommt, laß
                    jeda uf seiner Pfeif pfeifa

A Wetter wia gmolet

A Wetter wia gmolet dr Hemml
                ischt bloa
jetzt ziag i mai freizeitlichs Kittale a
mai Hüatle, da Stock, zom Wandra
                dia Schuah
so lauf ond geniaß i dui schena Natur:
Dia Beem, dia Wiasa, dia fruchtbare
                Felder
dia Dörfla, dia Städt ond dia greane
                Wälder
i freu mi so fescht, doch do fällt mr ai
es khet au em Land koi Frieda mai sai
wia schrecklich wär dees wia grausig
                dui Not
wenn d'müaßt wieder bettla oms
                tägliche Brot.
Doch s ischt jo Frieda ond satt ben i au
i därf mo ne will spaziara no gau.
Des macht mi zfriada bescheida zugleich

manch Wonsch wo i hätt en Henter-
grond weicht.
Betracht froh mai Ländle vo ma Berg,
uf ra Bank
uf oimol fällt mir ai: Wia stohts mit
em Dank?
Beschenkt ben i reich genieß es au sehr
worom bloß, fällt oim no s Danka
so schwer?

Bloß weaga dem Rälleng

Bloß weagas Gottliaba Rälleng
ond weaga s Marieles Katz
bloß weil dr Moritz ischt häleng
zor Minka übern Zaun mit oim Satz...
Bloß weaga dänne zwoi Diarla
mo sich so möga hänt
drehet dia durch wia zwoi Uhrla
dia mo falsch schlaget ond gänt

Dr Gottliab hoißt d'Marie a Luader
ond ihr Katz a Saumensch drzua
dära misch er no äbbes ens Fuadder
er bräng se schau no zor Ruah.
Ond Marie hoißt da Gottliab an Globa
där mo koi Gfühl häb em Leib
ond überhaupt häb er schau wieder
                    oin ghoba
weaga däm kriag er niemols a Weib.

Bloß weaga dänne zwoi Katza
hänt jetzt dia Nochber en Krach
ond d'Minka kriagt Jonge —
goldige Fratza-
uf em Gottliab saim Heubahrn am Dach.
Er schreit sui soll des Gschmeiß holla
sonscht schmeiß ers an Kreuzstock no
sui tuat em zwor äwwl no schmolla
aber zu ehm nomm gau macht se doch a.

Se ganget mitnander ens Heu nauf
ond gucket de Katza zua
dr Gottliab wird mild ond sait drauf
i laß dia Kätzla en Ruah.
Seit do send dia zwoi wieder oinig
's bestoht jetzt an Durchlaß am Zau
a Weagle ischt gricht, nämme stoinig
dr Gottliab därf komma wia er will
ond au gau

Sui kocht ehm ond tuat ehm flattiara
er sait, sui sei sai Schatz,
sui geit ehm an Kuß ohne z scheniera
ond des älles weaga dem Rälleng
ond s Marieles Katz

Wenn i nomol jong wär

Agfanga hots mit ma Roihle Gelrüaba
sui hots gsät, er hot se rausghackt
er hot gmoit, bloß s Okraut häb trieba
aber no hot sui gschria, no hot se d Wuat
                    packt

Riegeldomm sei r, sei nemm zom retta
ihr oifach ihr Gsätes rauszieha
wär sui et komma, dät se wetta
hätt r Zwiebel no agmäht–hot se gschria.

Überhaupt häb sich am Ausflug bewiesa
daß er et so wia andre Männer wär,
was dia ihre Fraua schenke, überließe
so quat sei er et ond so fär

Ganz aufdreht schreit se ond gilfig
se hot sich nemme en dr Hoad
ihr Gsicht ischt vrzerrt ond milchig
a Wonder daß er et weglauft ond goaht

91

Wenn i no oimol jong wär,
heirata dät e di nemme, nia mai
du bischt a langweiliger Brommbär
i fiel nia mai auf di rai.

Plötzlich macht se a Pause
weil se vor schnaufa schier nemme kha
schreit : Gib endlich mol auße,
du bischt jetzt dra.

Er sait : Wenn i no oimoal jong wär,
i gäng wieder druf ai,
di z'heirata mir wieder a Ehr wär,
weil früahr war dai Art vornehm ond fai.

Jetzt laufet r Träna über d'Backa
se schämt sich blätza,s tuat r leid
koi Wort brengt se raus s ischt nix z macha
aber - se will sich au nia mai so vrgessa
                              wia hait

Jedam Narra gfällt sai Kapp

Jedam Narra gfällt sai Kapp,
ob mit, ob ohne Mäschle.
Dr oi, der hot bloß Schnupftabak,
dr andre's Geld em Däschle.

Send d'Leit 's Foahr über ganz normal,
ischt Fasnet, send se narret,
se hopset, grillet durch da Saal
ond schmuset, streichlet, barret.

Gediega, still da Hausstand gfüahrt,
ar Fasnet gilt des nemme;
Musik ond Wei machts Maul wia
gschmiert,
hilft sprachlich us dr Klemme.

Jedam Narra gfällt sai Kapp,
ob mit ob ohne Bändl.
Narr, trenk et z viel, sonscht schwätscht
an Babb
on no geits meischtens Händl.

Mensch oder Narr?

A Mensch, der wia r ischt sich geit,
dea mo sai Offaheit nia reit,
sait wia r's denkt sai Sach sogar,
der ischt koi Mensch, der ischt a Narr.

A Narr, mo nia sai Mask loht falla,
mo über andrer Wohlergeha d'Fäuscht
muaß balla,
bloß haiher schraubet Ziel ond Wensch,
der ischt koi Narr, der ischt a Mensch.

A Mensch – a Narr, was wetscht du sai,
en wehla Schparte schtufscht de ai?
Wär do drvo koina dai Kategorie?
Menschliche Narra gäabs au no – mit
viel Harmonie.

Schmalzbrote

D'Frau Direktor stoht morgnets beim
Metzger em Lada:
„Ein Kilo Rindfleisch, aber bitte ganz
mager für Brata
zwei Ripple, aber ohne Fett müßt se sai
magre Qualität, sonst kauf ich bei der
Konkurenz künftig ai.
Wir haben mit unserem Gewicht Probleme
drum wärs schlecht, wenn ich mit fettigem
Fleisch ankäme.
Am Geld solls nicht liegen allein
bitte packen sie 's Beste vom Besten mir ein".
„Ganz nach Wonsch Frau Direktor Zeisig
ihr Rechnong macht Fenfazwanzgmark
ond no dreißig."
„Das ist aber viel Geld Herr Weber."
„Ja, omsonscht ischt dr Tod ond der
koscht 's Leaba,
sia müasset jo au 's Teuerscht vom Teura hau
wenn ens et paßt müaßt se halt zor
Konkrenz nüber gau

Wisset se, i hau mir schau lang überlegt
wie sich ihre Theorie mit dr Praxis vrträgt
Sia wellet an Wurscht ond Fleisch nia a
                              Fettele dro,
guck i mir aber ihrn Ma gnaier a
stell i fescht, der isch uf jedem Fescht zo
                              fenda
ond o Wonder, sai Asicht scheint sich zo
                              wenda.
Zo saim Kompl, zom Magischter hot r gsait
daß s Beschte vom Beschta uf de Dorf-
                              feschter geit
Schmalzbrot mit Griaba ha nix bessers
                              geits net,
gell, Magischter heit ess mr om d Wett
ond so sieba acht Mass Bier us em Fass
ha, descht äbbes köschtlichs, a Haida-
                              schpass
dees hot r gsait, Frau Direktor ihr Ma
ond dorom kotzt mi ihr Genörgl so a.

Kaufet se en Zukonft ihr Fleisch mo
se wänd
mir isch z domm, daß se mir d'Schuld
an ihrer Fettleibigkeit gänt
ihr Galla streiktet vo meim magra
Brata essa
ihr Galla ischt krank vom Schmalz–
bröter fressa
ond jetzt wensch i a guata Zeit ond Ade
i hoff, daß i sia en maim Lada nia
wieder seh".

Joahreszeita

Früahleng, herrlicha Zeit
vool Blüata Farba ond Düfte
traischt dr Foahreszeit scheschtes Kleid
vrfüahrscht oim träumend durch d'Lüfte.

Sommer, schenkscht älles was de no
                                    hoscht
an Sonne, Wend ond Gewitter
noch dir, wenn du ons wieder vrloascht
wirds dunkler, wird kälter descht bitter.

Herbst, du reicher, quater Kamrad
geischt, reichlich an Obst, Gmüas ond Farba
hoscht für jeda äbbes parat
leer ausgau muaß koiner ond darba

Wenter du kalter, weißer Gesell
mit Blüata ond Farba koscht et vrfüahra
schenkscht ons da Chrischtag oizig, hell
dorom kha koiner mit dir konkuriera

Wenn Gott wella hätt

Wenn Gott wella hätt, daß d'Mensch-
heit anander ploget ond quält, no
hätt er schau selbigsmol em Paradies
därra Schlang s Zepter überlau

.... daß sai Welt mit Atombomba
pflaschtret wird, no hätt er da Garda
Eden et so schee gschaffa

.... daß Menscha bloß uf ihre oigene
Vorteil aus send, no hätt er gwieß et
sai oizigs Kend uf dui Welt komma
lau
.... daß Leit geit, dia mo so grausame
Krieg azettlet no hätt er sein Soh et
für ons de Weag noch Golgatha gau lau

ond wenn Gott wella hätt, daß mir ohne
Hoffneng vor uns noa vegetiere, no hätt
er koin Regaboga am Hemml erscheina
lau.

Sei still ond schlucks na

Schlucks na ond sei still
was de beschäftigt
d'Worte send z'schrill
em Zorn viel zu heftig

Still sai hoißt
manchmol em Streit entrenna
schlucka, sich en nix Schlemms verrenna
oftmoals Gehässiges ogsait lau
nix zrucknämma müaßa – morga
bischt frauh

Schlucks na ond sei still
fällt drs au schwer
's bleibt dr so 's Gfühl
's ischt besser ond fär

Still sai hoißt
manchmol zeemahalta
saim Geganüber a Chanc erhalta
a Nacht drüber gau lau, klarere Blick
später hälscht's Gemäßigtsai m aischt
für a Glück

Sei still ond schlucks abe
duat drs au waih,
Vergeaba – dui Gabe
kommt stets wieder rai

Esslingen/N.

Inhaltsverzeichnis

Weitere Bücher von
Margret Mauthe

Room d'Schublad auf
Heiteres und Besinnliches
vorwiegend Schwäbisch

**Frühr ist älles
anderst gwea**
Ein Buch zum Nachdenken
und Schmunzeln

**Mit dir lachen
mit dir weinen**
Heiteres und Ernstes
in Schwäbisch

erhältlich im Eigenverlag

Margret Mauthe
Hofgut Tachenhausen
7446 Oberboihingen